JN118384

中国現代詩人文庫 1

韓永男詩集

川中子義勝／佐々木久春／金春龍 監修
柳春玉／南鉄心／林施昀 訳

土曜美術社出版販売

序

このたび「中国現代詩人文庫」という形で、優れた中国詩人たちの詩の翻訳を日本の読者に紹介するはこびとなった。一人ひとりの作品を一冊ずつにまとめ、順に刊行していく。

彼らは中国朝鮮族出身の方々で、黒龍江省、吉林省、延辺朝鮮族自治州、遼寧省（瀋陽）などの地域で活動されている。朝鮮半島の根本にあたるその地域は、すでに尹東柱ゆかりの地として知られているが、そこで今日なお詩人たちがどのように暮らし、いかなる作品を記しているかを、今回初めてつぶさに知ることができる。詩人たちの関心はそれぞれ違い、様々な主題を表現している。自然を愛しそこに命の歌を聞こうとする詩人もいれば、経済的破綻の現実や社会の困難な側面と向きあおうとする詩人もいる。現実を受けとめ、さらに芸術の真実を追究してゆく。あるいは故郷を離れ、暮らし続ける土地への執着を象徴的に語る。発表が困難でも、詩への愛ゆえに懸命に言葉を紡ごうとする。

それぞれの課題達成のために力を尽くす彼らの詩を日本語に移すのは、同郷の詩人柳春玉。久しく日本で生活を営みつつ自ら詩作に励んできたが、このたび恩を受けた詩人たちに報いるべく献身的に翻訳の筆を取った。その熱意と努力には頭が下がる。中国、韓国、日本の間を仲介するその業績が、今後の国際交流に貢献し、良い関係を築いていくための一助となることを願って已まない。そのためにも監修者として見守ることができたことを喜びとする。諸事情で魁を果たす詩人たちには久しくお待たせしたが、まずはこうして揃っての出立が叶った幸いを言祝ぎたい。

東京大学名誉教授　川中子義勝

目次

詩篇

第一部　故郷

第二部　季節

第六部　言い訳

第七部　開かれた詩

詩篇

第一部　故郷

故郷は僕が垣根に小便をかけても咎めなかった

二十年ぶりか　三十年ぶりか
それとも　それよりもっと長い月日
外へ外へと身の程知らずにほっつき歩いて
ある日　やっと身の程を知って故郷に帰ってきた
旧友と一杯飲んだ
最近　世間から呼ばれている
あらゆる僕の呼び名を無視して
僕たちは昔のように
照れくさいあだ名で呼び合いながらクスクスと笑った
開けておいたドアから見渡した庭先では
蚊遣り火がパチパチと音を立て
遠くでは　カエルの鳴き声が騒がしかった

急に小便がしたくてトイレを探したが
恥を捨てて
垣根の下に失礼することにした
既に　世の中に疲れきった僕の黒いやつは
恥ずかしそうにダラリと垂れていて
そんなやつをギュッと引っ張り上げて
故郷の香りを嗅がせた
二十年ぶりか　三十年ぶりか
それとも　それよりもっと長い月日が流れたのだろうか
久しぶりに　本当に久しぶりに月を見た
子供の頃　母の汗まみれの頭にかかって踊るように輝いていた月を
涙が溢れるほど見上げた

夢で故郷に帰ってきたよ

夢で故郷に帰ってきたよ
故郷は夢の中でも
子供の頃の思い出そのまま

野に果てしなく広がる田んぼからは
毎晩カエルの合唱が聞こえて
山間の小川は
生い茂った草で隠れ　音だけが聞こえる

頭を上げて空を仰げば
無邪気にかかっている白い雲
待っていてもバスさえ来ない坂道

一日中ずっと昼寝をしていたな

どこからか　やんちゃな兄貴が
いきなりすーっと現れてきそう
スニがリボンを結んで　根付いた故郷
土の匂いを嗅ぐだけで　思い出が溢れ出す

そして　午後の静けさの
かすかなリズムが聞こえて来るよ

夢で故郷に帰ってきたよ
故郷の夢で僕は
いつまでも成長しないままの十四歳だったよ

そこに思い出は垣根のように立っていた

雪が降っていた
おとぎ話のように美しい雪がしんしんと降っていた
そして　夜だった
誰かに電話をかけたい
そんな和やかな夜だった
開かれた記憶の中では
おぼろげな昔話が
招待状でも貰ったかのように駆け寄ってきて
冬の夜は川のように流れていた
その中を僕は　子供のように歓声を上げながら走り回り
そして　僕は再び　指しゃぶりをする子供に戻った
わけもなく君のことを思い出し

君に雪の塊を投げつけた
君は氷柱を槍のように手に持って
僕に向かって走ってきた
野良犬も寄ってきて吠えた
急に恥ずかしくなって
顔を上げると　澄みきった夜空には
星が雪のように降っていた
だから泣いたんだ
嫁に行けなかった少女のように

遠くの丘　黄ばんだ黄土の道

風が吹き抜ける遠くの坂道
黄土も飛び散る中に
バスが来た

黄ばんだ道と道端の青い草
そうだ　とても青く見えた空と
青空にいっそう真っ白な雲

眠気を誘う夏の昼下がり
裏口を開けておけば
道も　丘も　空も　雲も

今日みたいな四月
今日みたいな空
今日みたいな雲

ああ　故郷に一度帰らなければ
帰って黄土の道を見なければ

故郷スケッチ

リズムよくガタガタ揺れる汽車に乗って
故郷に向かえば
心が汽笛の音より先に
故郷の扉を開いて

いつの間にか　薬酒一口
胸には薬の水が清らかに流れ

いつもしっぽを振るサプサル犬[*1]のお尻を
ポンと蹴ったら
お隣のジョンアさんがニコニコ笑ってくれそうだな

白い湯気に包まれて　台所で忙しい
母の姿
白い湯気の中に　下手すれば　消えてしまいそうな　消えてしまいそうな

酒に満たされた心で
町内を遊び回りながら
――この家ではテールスープでも煮ているのかな

わき目もふらず葉草を巻く汚い手が
そのまま正直でいい

――お客様　夕食はうちで召し上がってください
まるで異郷で大きな出世でもしたかのように
互いに競い合って呼ばれる

僕の故郷では今も

スンデ[*2]の皿を渡せば
お礼に豆腐が返って来る

＊1　サプサル犬　むく毛の犬のこと。
＊2　スンデ　米、豆腐、もやしなどを詰めて蒸した腸詰。

望郷草

今
君への思いに
ワンワン泣いている僕を

ああ
南の空を眺めて
つんと鼻をかむ僕を

どうしようか
どうしようか
故郷よ

僕たちが子犬くらいの頃

東の闇を払って
口で舐めたような丸くきれいな月が
笑っているように昇ると
有線放送を聞きながら　大きな鉢を持って
母が帰ってきた
トゲに刺され　木の株にひっかかり
不格好になった母の手から
今晩　ムラサキカラマツ　ゼンマイ　ソバナ　タンポポが
綺麗に洗われて　様々な小皿に取り分けられた
お母さんの汗まみれの顔がとても切なそうに
ろうそくの火は更に小さくなって
遠いところで砧を打つ音が一段と高く響き

――お隣のブンちゃんがお嫁に行く準備をしているみたいね
お母さんの声は　ほとんどかすれていたけれど
僕たちの耳には　いつでもはっきりと聞こえてきた
まだ僕たちが子犬くらいの頃だった

見かけ倒しの町

僕の住んでいる町は
鉄南よりずっと南の方
南山の麓に沿うように
やっとの思いで切り拓かれた粗末な町

三輪車の運転手とヒメニラ商人たちが
夫婦のように一緒に暮らす
隅から集まってきて　再び隅になった
ボロボロの町

朝になると　僕が住んでいる町では
薄い壁の隙間から音が漏れないように

主婦たちは静かにチョングッチャン*を作り

たまに
日に焼けた黒い夫と日に焼けた黒い妻が争っても
声を殺して　顔だけ赤くして
日に焼けた黒い子供たちも手振りと目配せだけで
意思を伝えあう　無音の町

古ぼけた白黒テレビも
音量を精一杯　下げて観て
自分の家でニンニクを食べても
匂いが広がるのを恐れて口を塞いで食べる

僕の住んでいる町は　名前だけが町で
ぴったり閉めきった窓の中で
ただ耳だけをウサギのように立てて暮らす

僕が住んでいる町は
人が住んでいるので　町ではなく
煙が立ち上がるので　町であり

夕方の七時から真っ暗な世界になる
音も匂いも光もない
味噌玉のように中身だけが腐り　泡立つ
見掛け倒しの町

＊　チョングッチャン　発酵させた大豆のペースト。

西市場の裏通りに雨が降ると

昨夜　死んだ夫に会った夢でも見たのか
鉄南夫人は朝からニコニコしている
西市場の裏通りで
場所代ももったいないと言って　とても小さな場所を取り
ワラビやタラの芽やオタカラコウを売る鉄南夫人
——味見してみてください　あごが落ちるほどおいしいですよ
売り声がだんだん高くなる
隣に座った北山夫人は
いつも同じ様子で眉間にくっきり皺寄せて
細い目はもっと細くなり
お客を呼ぶための声かけもせず　その代わりに
前に置かれた唐辛子の粉ばかりいじっている

――ハクション　このおばさんが！　まったく！　くしゃみで唐辛子の粉を飛
　ばしたらどうするんだ？
そんなふうに笑ったり騒いだりして　青い空のように楽しい
不機嫌になった空が　薄暗くなって雨を降らせると
急に閑散とした路地のようすに仏頂面になった
――雨も降ってきたから　一杯やらない？
――そうね……
――じゃあ　行こう！　私が一杯おごるよ！
荷造りしてリヤカーにのせた小さな包み
それがそのまま人生のすべてのような二人の夫人
やはり彼女たちにぴったりのスンデ屋さんに入る
――ギュッと押さえていっぱい詰めてね　それから焼酎も一杯！
そんなふうに始まった二人の夫人の早い晩の飲み会
飲んで　また二杯頼んで
トイレも二回行ったり来たりしては
そうして　どちらからともなく静かに自然に話し始めた

――いつもこんな有り様だから　お酒でも飲まなきゃ
大きな胸が小さく揺れると思ったら
ツンとかんだ鼻水とともに　さらに激しく揺れて
こんちくしょう
亡き夫の悪口から若死にした息子まで
聞きながら　たまに一言挟むスンデ屋のおばさん
我慢できないとお酒を一杯注いで相席した
ガリガリにやせ細った小さな
三人のおばさん
更けていく夜　早い晩の涙を肴に西市場の裏通りを
ぼかんぼかんと叩き壊している

第二部　季節

春　一粒植えて

春　一粒植えて
夏になると
夏になって茂れば
春　一粒植えて
秋になると
秋になって熟せば
春　一粒植えて
冬になると
冬になってなくなれば

春　一粒植えて
春になると
春に月日が美しくなれば

春の夜　空を眺めながら

青い夜空で
泣きながら流れる二つの星

流れ星に願う遥か遠い
煌びやかな彷徨

春の夢は叶うだろう
夜明けを迎えて薔薇（モルゲン）*が咲くように

優しい風が吹けば　その風に
にっこりと微笑んで

もう立ち上がらなくちゃ
明日への果てしないときめきが
こんなにもワクワクする

＊　薔薇　フリューリングス・モルゲン。「春の朝」という花言葉を持つバラの一種。

春になって来られたあなた

止めるのを振り切って行ってしまい
この春　春雨となって来られたことを
誰も知らない

二度と来ないよ　と
言い放って　行ってしまい
この春　花となって咲かれたことを
誰も知らない

これからは互いに
永遠に他人として　すれ違おうと言って離れ
この春　心ときめいて嬉しくなったことを
全く知らない

新芽たちの四月

懐かしかった
こんなに
芽吹いたのか
春の新芽たちよ

青い空にいくつか
青い光を灯けておこうと
急いで　急いで水を吸い上げて
この春　僕だけのために芽吹いた新芽たちよ

新緑
陽炎

きらめき輝く日差し
そして　新芽たち

しきりに
心ゆらゆらする
四月
新芽たちの四月

夏だったようだ

草が生い茂っている道では
弱い葉っぱが互いに
青い頬を寄せ合って
しきりにニコニコ笑みを浮かべ
黄金色の日の光の口笛に
木の葉が
低い叫び声を出していた
次々と咲き誇る花々が
風に触れるたびに
切ない香りをあちこちに漂わせ
垣根の下ではホウセンカが
精一杯　微笑んでいた

草と花と木に
かける言葉が見つからない

夏だったようだ

秋菊

涼しい秋風の中
野菊の中身が裂ける音を聞いてごらん
空は青いな
小川は澄んでいるな
野では熟す匂い
山では焼け焦げる匂い
時々　花の灼ける音に耳を傾けてごらん
チェロの音のような秋の香り
奥ゆかしい湖のような秋の歌
サクサクの果物の匂いの中
野菊の中身が裂ける音を聞いてごらん

秋を見ましたか？

秋を見ましたか？
僕の秋はどこにあるの？

この頃になると
季節もいくらか冷めて
秋に出会って恋をしなければならないのに
四方八方を見回しても見つからない

秋を見ましたか？
僕の秋がどこに行ったのか誰か知っていますか？

稲がたわわに実っていく

野原にかかしのように立って風に
揺られながら　さらに揺られながら呼んでみる秋
秋　秋

僕の秋を見ましたか？
僕の秋がどこにあるのか　誰か知りませんか？

風がそよそよときめくのに
風よりももっと　胸が騒いでるのに
誰かどこかで僕の秋を見た人はいませんか？

熟してゆく季節に
冷え込んでいく季節に

秋になると　ある山辺で

秋になると
ある山辺で
ひっそりと
道の傍らに足を埋めて
コスモスになってみよう
はにかみながら
秋風に乗せて
体をさっと開けたまま
テントウムシ何匹かで
装いを整えて
そうだね　秋になると
ある山辺で

ひっそりと
かすかな微笑みを一つ浮かべて
平凡なコスモスになってみよう
青空を背景にゆらゆら揺れながら
眩しい秋にはさっと散ってもいい
一人でも　秋とは関係なさそうに
威張ることなく　首をまっすぐに伸ばした
あのコスモスになってみよう

冬の皮をむこう

冬の！
皮を！
むく！

冬になるために
冬をしのぐために
すっかり裸になった木々のやせ細った体をもんで
痛そうに　その固い皮をむく

根っこからの叫びを
バラードのように楽しみながら　今回は
遠くに逃げる道の皮を

容赦なく剝がす

道が逃げて隠れてしまった
空の透明な皮さえも
躊躇うことなく
剝ぎ取った

枝一本も残さず剝ぎ取られた冬は
ようやく安心したように鉄の棒になって休む
そこへ冬の皮が舞うように押し流されていく

冬の朝に触れて

もう行くと言った
時間ができたら　手紙でも書くと言った
雑草のように生い茂った話の中で
ヨモギの枝みたいにすっと出てきて
いつも辛かったのだろうね

出ていくと言った
都合がつけば　帰ってくるかもしれないと言った
氷を割って氷を作る連中
君にとっては　いつも辛さであり
痛みだったのだろうね

ただ　捨てると言った
覚えていて苦しむより　忘れて幸せになると言った
いっそ忘れられるものを
簡単にできた空席に
気前よく座らせることができる存在なら

来ても
遅れて来ると言った
長い冬の夜が過ぎて　始まる夜明けのように
青色で鋭くなると言った
まだ鋭利にならないうちに
日の光に解けて暖かくなっても
風に乗って　また旅立つとしても

冬の夜

白い冬の風が
一晩中寝もせずに　ヒソヒソ話を
窓が盗み聞きして
風が静まった朝には
知らんぷりするなんて

薄暗い空
夕暮ごろに来るだろう

待っている気持ちが垣根をうろうろしたら
丸い月　一つ
昇って

雪に覆われた山野を
白く覆う

ついに冬がきて
幸いに　夜だった

田舎の冬の夜は眠れずに

雪が　ヒソヒソ　トントン
昔話をしていた
鈍行列車さえ通り過ぎてしまう
小さな田舎町のある片隅
その日に限って　ろうそくはユラユラと揺らぎ
冷えきった火鉢には
焼いて食べるジャガイモさえなかった
星までが町へ散歩に出かけてしまった
ある家で
男と女のヒソヒソ話が
かすかに聞こえてきた
雪が強まり　吹雪になって
昔話をトントン　吹き飛ばした

第三部　瞑想

人生は小説ではない

人生は
戻ることもなく　触れることもない
風は過ぎ去れば　それでいいことを
風の果てを摑んで
追いかけてみても
風の居場所は分からないことを

人生は
近づいてくることもなく　すれ違うこともない

川を見よ

川は流れると思うな
川に捨てた落ち葉が
どこかに流れたと思うな

人生は
捨てられも　消えもしない

酒を浴びるほど飲んでも
酔わない酒瓶のように
雨の中を歩いても
ぬれない髪の毛のように

人生は
小説でも　ドラマでもない

番人のいないライ麦畑を通りながら

ライ麦畑には番人が隠れていて
僕は今
ライ麦畑を通っている

番人が守るライ麦畑を
僕は今
通りかかっている

僕が通っているライ麦畑には
番人がいるそうだ

ライ麦畑を通る僕は

番人を見ることができない

ライ麦畑には　確かに番人がいて
僕は　今　確かにライ麦畑を通っている

僕は
番人と共に
ライ麦畑を通っている

花吹雪

花吹雪が
美しい？

あんなに散らかって降る
花吹雪が　その真紅の花の血が
君の目には　美しく見える？

花々の肉体が壊れ
花々の血が飛び散って
花々の死体が
積もって　溢れて　降っているのに！

花吹雪が
美しい？

あの　花びら　葉っぱが命なのに
命が　あんなふうに　消えていくのに
それが　そんなに　美しいのか？

けしからん！
ちくしょう!!

炎

仕方なく！
パッと！
生き返って！

図々しい頭をピンと上げて
染み入る隙間をキョロキョロと見回しては
何でも抱きしめてしまおうとする
溢れる情熱を
どうしようもなく
踊って　踊って
何もかも　燃やしてしまう
引き込まれるよう近づいてきて

取り憑かれたように抱きしめて
真っ黒になるまで
全身を焼きつくす

仕方なく!
パッと!
生き返って!

滝

流れていて　つい足を踏み外した
水の単なるミスが
あんなに荘厳だなんて
優しく流れていた水が
話に夢中になった水が
しばらくの間　周りに気を配る暇もなかった水が
流れて　流れて　流れては
一歩踏み間違えた単なるミスが
人間には　あんなに爽快だなんて
流れていた水の単なる失速なんかが
あんなに見事な絶景になるなんて

僕は揺られながら来るよ

僕は揺られながら来るよ
風が通り過ぎて揺られると　そこで揺られて
花として咲けと言うなら　咲くよ
僕は揺られながら来るよ
踊り狂った蝶がヒラヒラすると　そこで揺られて
笛の音で笑えと言うなら　笑うよ
僕は揺られながら来るよ
夜明けの露が結ぶと　そこで揺られて
日差しで輝けと言うなら　輝けるよ
僕は揺られながら来るよ
揺られるだけ揺られて
もう行っていいよと言われたら　来るよ
来て　草の葉になって休むよ

月日

月日の深さが　全て過ぎると
いつの間にか　刻まれた模様
その深さと
その重さと
その長さと
その中身と痛みまで

月日の模様に触れると
最後に感じられる　この貧しさ
この恥ずかしさと
この照れくささと
この哀れさと

この器の小ささまで

月日　全て過ぎないで
月日　全て耐えないで

風に草の葉　揺れるように
美しい波となって
水のしわでも刻むべきだった

月日が過ぎれば
月日を忘れよう

老いた酒瓶の話

若い酒を入れた老いた酒瓶は
ヨロヨロせずに　僕の所に来て香りとなった
慰めるな
威張るな
一杯の酒になるまでに
老いた酒瓶は　いかに多くの悲しみを
心の中に　刻まなければならなかったのか

若い海兵帽に輝く青い海の光を
いかにもうらやましそうな目で見つめながら
年老いた海兵は遠い水平線の黄昏を仰ぐ
彼の襟元から色褪せた海兵の紐がざわめく

できたてのサンゴ礁は　新鮮な若さを誇って
老いた海に抱かれて荒廃した世の中をあざ笑っていた
風に吹かれてきた生まれたての雲は
老いた空を流れながら無邪気に笑っていた

クスクス笑うな
生意気なこともするな
老いても　海のように　空のように
青く輝く自信がないのなら

老いた酒瓶は今日も
若い酒一杯のために
白髪の余裕を堂々と見せつける

第四部　人情

無父非罪

僕は父がいない
あまりにも不憫に死んだ僕の父
僕がおごるお酒一杯も飲めずに
人前で肩と胸を
一度もすっきりと伸ばすこともなく
ただそうやって
数多くの普通の父のように
平凡以上に平凡に生きて
死ぬ時でもないのに　死んでいった父
それで僕が飲むお酒は
急に水になったし
僕は親父のいないやつになったんだ
父がいないということは

どこかで過ちを犯しても
悪口を言われたり　殴られたりすることも
全くないという意味であり
酔っ払って騒いでも
うるさい小言を聞かないという意味であり
生きることを怠ったり
事業なんかで少しズルをしても
全く憚ることはないという意味であり
元旦になっても　わざわざ
酒を買いに行って新年の挨拶をする
煩わしさが省略されるという意味であり
なのに　ちくしょう
清明の墓の傍には
芝生のように父の詩が生きていて
この父がいない子供をみて　微笑んでいる
憎たらしい晴天の日

歯ブラシが七本の男

明月区の本家と詩兄の家に
一本ずつ
鉄南の南山麓の姉の家と
新羅ホテルの裏通りの姉の家と
血液センター近くのおじさんの家に
また一本ずつ
北大の文兄の家にもまた一本

楡树川の河口
山に沿って建てられた
ややくたびれかけている甥　サンスの家にも一本あった

三列四列の大きな歯ブラシ二本と
たった二列の小さな歯ブラシ三本が
和気あいあいと並べられた歯ブラシの箱に
まるでその家族の一員のように僕の不細工な歯ブラシが
突っ立っていた

甥といっても僕より年上なので
兄さんのように慕っているけど
甥の嫁には　いつも面目ないし
幼い姪の子供たちにも
ちょっと申し訳なかった

豊かではない家計に
僕の歯ブラシがもう一本あるということは
何分負担なはずなのに
マスカット色の歯ブラシが生きていく

七本の歯ブラシ箱では

かえって彼らのほうが申し訳なさそうに
スペースを空けながら
不細工な僕の歯ブラシが生きる場所を
気前よく確保してくれた

いつか僕にも歯ブラシ入れができる日
七本の歯ブラシの家族を一堂に集めて
パーティーでも開こう
歯磨き粉がなくなって　水で歯磨きしていた話も
笑ってもう一度やってみよう

その日は秋で　そして　出来たての雨がすすり泣いていた

出来たての雨がすすり泣くように
大空から降った日
ポム家の一間の貸間で
娘のヘランちゃんのぐずる声をつまみに
僕たちは安物の焼酎を豪快に飲んだ
僕たちの手は
僕たちが噛むタコの足より痩せていて
低燭光の電灯は
わけもなく薄暗かった
お尻をやっと下ろせるくらいのポム家の一間の貸間で
互いの虚しい胸に
愛と詩を吹き込んで

僕たちは一生懸命　焼酎を飲む
ヘランちゃんはいつの間にか
眠ってしまった
くだらない出来たての雨が
ある秋の日を騒がした日

夜明けごろ

コンピューターの前ですべきことを全部終わらせて
寝室に入ってみると
愛する妻と
いとしい息子が
横になって寝ている
一日中　疲れた妻は
部屋に入っても気づかないくらい熟睡していて
いつもあちこちに転がる寝相の悪い息子は
小さい足を母の首に乗せて
万歳の姿勢で眠っている
四六時中　家計を支えるためと子供のために
どれだけ疲れたのだろう

うずく鼻筋を触りながら
息子の足をそっと動かす
その小さい足は
焼きたてのパンのようにフカフカだ
明日もフカフカでいてください
明日も母をもっとイライラさせなさい
そう祈ったあと
今度は
息子の足に押されていた妻の首に
僕の腕を乗せて
僕も彼らの眠りの中に合流する
三人家族は　ご飯は
一緒に食べても
家族三人の夢は
それぞれ異なる

寿石

寿石に
そっと触れると
温かい石の息を感じる
柔らかい日差しを浴びて
南向きの　ある丘の麓あたり
昼寝していた石ころ一つ
ちらっと見ただけでも
並々ならぬ気品は
苧麻の韓服を着こなした
ひげの白いおじいさんのようだ
敬意を込めて
静かに触れると

澄んだ石の香りが感じられる
ツヤツヤと光沢があり
今は僕の前にでんと立っている
寿
石
様

フワリフワリ　メラメラ

君はフワリフワリになれ
僕はメラメラになろう
僕たちは
フワリフワリとメラメラになって
来たついでに
世の中を燃え上がらせ
空へフワリフワリと昇ろう
君は上でフワリフワリになれ
僕は下でメラメラになるよ
メラメラ燃え尽きると
フワリフワリと飛んでいくだろう

フワリフワリ
メラメラ

絶対孤独

行く途中で出会った
岩一つ

億劫をああやって隠していたんだろう

肩に落ちた空だけでも
重ねて三千尺　ぐらい

億劫でああやって無口でいたんだろう

森羅と万象の音を
飲み干してもなおひもじい

生きていて出会った
一つ岩

ある日　その人に会ったら

生きて　生きてきて　もしかすると
ある街角で　その人に会ったら
どこで何をしていたかとは聞くな
生きてきた　その曲がりくねった事情を
あえて聞いて　再び傷つけるな
もし　それでもどうしても気になるなら
その人の目をじっくり覗いてごらん
そして　その目の中の深く沈んだ悲しい物語を
静かに読んでごらん
そこに宿る切ない話に
感動はしても　安っぽい涙は流すな
もしかして　その人が何事もなかったかのように

何か話をすると
うなずいて肩に触れてやりなさい
しかし　うっかり口出しはするな
つまらない慰めなんかで
その人の深い痛みを慰められる人は　誰も
この世にはいないから
彼に妻と子供の話を持ち出すな
家や職場なども聞くな
ただその灰色の瞳をじっと見て
手をぎゅっと握ってから背を向けなさい
しばらくは振り向かずに　そのまま歩き
その人がもう見えないと思ったら
さっと後ろを見て
そして　目から流れる涙を拭え
僕たちは　誰も　その人の前では
泣く権利がないから

もし道端で　ある日　その人に会ったら
何も言うな
その人の住所も聞くな
ただ一番優しい眼差しで　その人を眺めてから
その人の幸せを心の中で祈って背を向けろ
そのまま背を向けろ

第五部　花々

花の傍に立って　花だと分からないなんて

花だと決めつけるな
夜になると星とささやいて
朝には露とヒソヒソと
昼間は　蝶やミツバチと愛も交わし

花だと決めつけるな
笑える出来事だけあると
嬉しくて　幸せで　楽しいことばかりあると
沸き立つ香りのように　愛だけいっぱいもらえると

花だと決めつけるな
あまりにも痛くて　あざができ

あまりにもあざが痛くて泣いて
ある日　バンと破裂した

苦しんで　苦しみながら
生命の種を宿して
毎日泣いて　やっと咲かせた
傷が華やかな花に見えたかもしれないのに

花だと
幸せな花だろうと
そう決めつけるな
花の傍に立っていても　花だと分からないのなら　花の話をしてはならない

花のお使い

ミツバチが　蝶が
花のお使いにやってきた

フフフンと鼻歌を歌いながら
春が来たと　花が咲いたと
花の言葉を伝えているんだね

遠くに　もっと遠くに行って
紫木蓮　白木蓮　全部咲いたと……
みんなに知らせてと
花がお使いを頼んだんだね

花のお使いに浮かれているんだろう
ミツバチが　蝶が
春じゅう　休みもせず
フフフンと　あちこちでブンブン　ヒラヒラしているんだろう

木蓮恋歌

五月の日　暖かく
木蓮は
もうずいぶんと咲いていた

そのきれいな肌を隠すことも知らずに
木蓮は
パッと咲いていた

花嫁のように美しい木蓮は
奥深い香りだけで木蓮で
愛しい人に向かう一筋の心で　木蓮だった

五月の日　冷えて
待ちくたびれた木蓮は
首をひねって斜めにしおれていた

シオン

九月には　菊だけが咲くと思っていたら
シオン　一輪　眩しい

数十片の花びら　グッと突き出して
ミツバチ　蝶を呼び集める胸
こんなにも開放して
空に向かって咲き誇る

九月には　イワギクだけが咲くと思っていたら
はにかむシオン　三　四輪
薄い赤紫色に輝く

花がきれいだ

山道を歩いていて
花がきれいだと言ったのが
それが　そんなに罪だったのか

空が青いので
青空に寄りかかって
白い雲のように
白い花が一輪咲いていたから

花がきれいだと言ったのが
それが　そんなにひどい罪だったのか

福寿草

一面の真っ白な雪が嫌い
持ち上げた黄色い思い出　ひとつ

悲しい　悲しい話で
足元の雪を溶かして

一番小さな笑顔で
真っ先に春の訪れを告げる

悲しい思い出を舞い上げる
永遠の愛よ*

＊　フクジュソウの花言葉は「永遠の愛」または「悲しい思い出」である。

ハナイバナ

花か草か
だれも知らない
あまりにも小さくて世界がつい
目をつぶってしまった裏事情

僕を忘れないでください*
切なる望みを
風になびかせて

とても小さい存在でありながら
空にとても似ていて
空の色にも似た想い　一つ

＊　ハナイバナの花言葉は「僕を忘れないでください」である。

花

絶え間ない痛みが
ある日ついに
ポンと破裂して
パッと開いて
花になる

知らないだろう
花になるために
耐えなければならなかった
その痛みの重さを

悲しんで　悲しんだあげく

ある日　幸いにも
ポンと破裂して
パッと開いて
香りになる

第六部　言い訳

雨の中に座って　首にかけたボールペンで

もちろん　雨が降っていた
お酒を飲みながら
道を歩きながら
詩のようなものを詠み
雨の中にそのまま座って
首にかけた念珠のようなボールペンで
詩を吐き始めた
実際に　詩は胆汁よりも少なく
溜まった世間の垢が
僕の周りでびしょびしょに湿っていた
あっけなく雨が降り
昨夜　夢で行ったベツレヘムには
まだ天使が皆を愛してくれていた

鹿は傷を負うと

鹿は傷を負うと
傷ついた鹿になる
ある日　傷が治ると
傷ついた鹿は再び
鹿になる

乾いた涙一皿

ある日　流れる涙が乾いて
僕の前に置かれた皿にも
塩　一握り
まだしょっぱい味を知らない誰かに差し上げます
傷の名前ではなく
愛の名前ではなく
月日の名前で差し上げます
生きていく中で　バカみたいに泣かないように
辛くないように
祈りながら
僕の前に置かれた塩一皿
僕の涙が干からびた塩一皿

誰かにそのまま塩として残します

吾輩は朝鮮の在来種でござる

これから僕を呼ぶつもりなら
アリランと呼んでくれ

お母さんのお腹から離れて
おくるみに包まれた時から
宿命のように白い肌を譲り受けたやつ

小さな足で縁側を
パタパタと歩く時から
お母さんとお父さんから　ハングルを学んできたやつ

これから僕を呼ぶつもりなら
キキョウやツルニンジンと呼んでくれ

とにかく僕は倍達（ペダル）*1の国　朝鮮民族の一員だよ
檀君（ダングン）*1と朱蒙（チュモン）*1の血を引くやつだよ
洛東江を乳のように吸って育ったやつだよ

ムクゲが満開の朝鮮半島で
春香（チュニャン）*1と沈清（シムチョン）*1を誇り
論介（ノンゲ）*1の志操に頭も下げられるやつであることを

甕の中の濁ったマッコリに
ぴりっとするスケソウダラが一切れあれば
風雅と陽山道の民謡を一緒にできるやつであることを

これから僕を呼ぶつもりなら
伽耶琴（カヤグム）*2や尺八と呼んでくれ

負ぶわれて　おじいちゃんに尻をたたかれたことのあるやつ
おばあちゃんに抱かれて体を洗ったことのあるやつ
トゥルマギ[*3]のチマの裾で村の社の匂いも嗅いだことのあるやつ

雄牛のようなやつ
タンポポのようなやつ
それからキムチやチョングッジャンのようなやつ

これから僕を呼ぶつもりなら
豊山犬や珍島犬と呼んでくれ

いや　むしろ僕を
朝鮮の在来種と呼んでくれ

＊1　倍達　朝鮮の雅名。　檀君　古朝鮮の王。　朱蒙　高句麗の初代王。　春香　説話「春香伝」の主人公。　沈清　古典小説「沈清伝」の主人公。　論介　李氏朝鮮時代、豊臣秀吉の軍に抵抗した女性。
＊2　伽耶琴　朝鮮の伝統的弦楽器。
＊3　トゥルマギ　外套の一種。

秋を傷つけないで

秋を傷つけないで
秋は僕のものだよ

あの黄色い葉っぱに夏の香りに泣いて
裏山のリスが越冬準備を急ぎ
遠ざかる夏のために
キリギリスが悲しい葬送曲を歌ってくれる
そんな秋が僕は好きだよ
色とりどりとは関係なく
理由もなく好きだよ

秋を傷つけないで

秋は僕のものだよ

もし　秋がなかったら僕がどうやって
熟していく季節の魂を知り
高い空の下　裸になっていく
木の謙遜さが分かるだろうか

本当に秋じゃなかったら
僕がどうやって詩を書き
成熟の意味で　心を濡らしているなど
あり得ないことだよ

果てしなく広い空の下
緑が褪めつつある秋に向かって
この躍動する心臓も
両手も捧げられる僕です

ある派手な女の子の目には
寂しそうに見えてもいい秋を
どうか傷つけないでくれ
秋は
本当に僕のものだよ

いやいや　僕がまさに
秋の男だよ

僕は水だ　僕に傷なんかつくもんか

僕は水だ
僕に傷なんかつくもんか
ずっと流れていて
石に触れるとつぶれて
木に触れるとちぎれて
山に出会うと遠回り
でも　僕に傷なんかつくもんか
獣たちはジャブジャブ僕とふざけて
小さな草の枝まで僕を切り裂き
人々も無造作に僕を引き裂き　切り裂き　割ったとしても
僕はまさに水だ
僕に傷がつくことを望むな

日に干してもよい
汚物を浴びせられても構わない
僕は水だ
痛くて心で泣いても　涙も見せない
ああ　どうやっても傷さえつかない　水だ

僕を花に酔わせて

枯れ木が水を吸い上げる季節
僕を花に酔わせて
人間関係で　気を使い　草が恋しい
悲しく　みすぼらしい人生
一度ぐらい花に酔わせて
燦々と日ざしが降り注ぐ柔らかい空
まだ臆病な少女のように
肩をすくめて立ち　怯える貧しい心臓
一瞬でも花に酔わせて
レンギョウ　桃花　アツモリソウ　ヤマブシタケ
我々の花があわただしく咲く季節
露に阻まれて　病めるタンポポの痛み

日だまりではニッコリ笑うヒメニラの芳しい香り
せめて　僕を花に酔わせて
あの辺に見えるあの花に酔ってみよう

第七部　開かれた詩

オクセ[*1]は話せない

話でもすればいいのに
いたずらに
気を揉ませて　去っていったオクセよ

バカみたい
愛してるとも　言えず
向き合う勇気さえもない
バカね

しとやかに傾けた額の
その色白な分け目は
あんなに静かで　好きだった

泥の上にぐんと首を突き出した
蓮の花のような
美しい姿に
胸はどんなにときめいたことか

こともあろうに巫女（みこ）の息子として生まれ
その幼い胸に
言い知れぬ憂き目だけをたくさん抱えて
よりによって両班（ヤンバン）*2の家の一人娘を慕い
一途な愛だけ
募らせて　また　募らせたオクセよ

はっきり告白でもできたら良かったのに
遠目から見つめるだけで

小さな胸を痛めたバカだ

生きている間に吐き出せなかった言葉を今さら
風の吹く日なら
その細い体　全身でユラユラ伝える
オクセよ
オクセよ

＊1　巫女の息子オクセは両班の家の娘を慕って死んでから、ススキになったという。
＊2　朝鮮で高麗、李氏朝鮮王朝時代の官僚機構・支配機構を担った支配階級の身分のこと。

私だけが行けない家

決して遠いわけではなく
そして　道が険しいわけでもないけれど
何となく行けなくなった家

いつでも呼んでみたら
そのこだまは行くけれど
何となく行けなくなった苦手な家

昔　ギョンアと仲がいい時は
私だけが行けた
他人は門の外でうろついている家

しかし　今は
他人のものになってしまった家
私が行っては絶対ダメだという

私に忘れろと言っているのよ

私に忘れろと言っているのよ

私の心の中に染み込んで
忘れられない思い出を　もう忘れろと言っている

忘れられなくて　覚えているわけじゃないけれど
考えないでおこうと思っても　笑顔ばかりが思い浮かぶのに
私に必ず忘れろと言っている

とても短い出会いだけど
今でも　こんなに辛くなる心なのに
月明かりを加えて　ささやいた銀の誓いと

互いの瞳に飛び込んできた出来事が
みんな無かったように忘れろと言っている

いつかはもう一度会えそうで
空っぽのまま待っている胸に
何でも詰め込んで忘れろと言っている

私に　本当に知らなかったようにきれいさっぱり忘れろと言っている

そんなに簡単に忘れられるものなら
覚えておいて　辛い思いなどするものか
思い出して泣くより
捨てて　いっそ笑えと言っている

小雨でも　かなり濡れてしまう
この心を踏めと言っている

踏みつけろと言っている

忘れても　簡単に生きて行くことができるとしたら
私は　なぜ　こんなに泣いているのだろう

別れて長くなればなるほど　大きくなっていく懐かしさの塊
私に一体どうしろと言うのか
どうしろと言うのか

私に　あくまでも忘れろと言っている
訳もなく愛しい人なのに
こんなにも　大切に覚えている姿なのに

しきりに私に忘れろと言っているのだ

秋には青空を歩いて来られるあなた

葡萄の実が爽やかな青い九月
熟していないヒマワリのように頭をもたげて
敢えて天を仰げば
その遥かな青さの中を
歩いて来られるあなたが見えます

雨上がりで　日差しがきらめき輝くと
照れくさい菊のように
雨露にびっしょり濡れた髪を拭って
一糸まとわず裸になって
天を仰げば
うんざりするほど　かすかな青さの中を

歩いて来られるあなたが見えます

誰に願うように
誰かを待つように
山麓のこんなにも黒い岩のように
全身が恋しくなって
天を仰げば
その豊かな青さの中を
歩いて来られるあなたが見えます

広い野原に一人立っている木のように
ぽきんぽきんと服を脱いで
数多くの腕を歓声のように広げて立って
天を仰げば
その不気味なほど深い青さの中を
歩いて来られるあなたが見えます

あなたが行ってしまった後　溢れる悲しみを
日記のように書いた詩のノートと向き合って
その中で生きる
あなたの香りを　あなたの姿を　あなたの痛みを
酒のように飲んだら
詩のように広がる青空を
過ぎ去った時のように軽やかに
歩いて来られるあなたに会えます

私たちは　泣こうと約束していない

峠道を楽しく歩いていて
花の森を道なりに下って
ある曲がり角で
私たちは　泣こうと約束していない

草が青いなら　青いまま
花が美しいなら　美しいまま
歳月は川の水のように流れても
構わないとクスクス笑った

風の聖火に倒れた
一本の白樺の下で

堂々としたプライドで
私達は　泣くとは思わなかった

ついに　川をさかのぼって
歳月を戻そうとしたが
山鳥さえ幼稚だと
キャハハと鳴いた

花を　草を　思うままに愛して
雲を　空を　欲張って感じて
どこかの曲がり角で
私達は　こんなに泣こうとは約束していない

熟した柿

おじいさんの怒鳴る勢いに仕方なく
故郷を離れた花嫁のおばあさん
その多くの恨みをしっかり持って
故郷の空のほとりに一つ熟した柿としてかけておいた

熟した柿が見えなくなった所に来て
故郷の空を眺めながら
一年三百六十五日
あれほどに願い　願って

ついに　夕焼けが熟した柿のように焼けた日
おばあさんは空に飛び立ち

一つの熟した柿で空のほとりを
あれほど赤く　赤く染めた

大人になって　訪ねたおばあさんの故郷の家
庭先の熟した柿は今日も赤い涙で
あのように清州の片隅を明るくし
私もマッコリ一杯で　熟した柿になった

白い雲

白い想念であり
ほつほつと染み出る懐かしさであり
真っ青な抒情であり
なんとなく恨めしい微笑みであり
時には　分別のないいたずらっ子であり
時には　俗世を見捨てた瞑想家であり
少女であり
おばあさんであり

自然であり
人生であり

ツツジ

悲しみが
パッと破れると
あんな色かな

山と水が
すべて色づくように
あんなに咲き広がるか

痛みが
口を閉じれば
あんな格好かな

天も地も
みんな話もしないで
あんなに咲き乱れるのか

ツツジ連歌

おや　誰がこぼしていったのだろう
ピンクの十二枚のプリーツスカート
山腹に　川面に
ヒラヒラ　ユラユラ

降り注ぐ
あの　春の崩れ

花は　分かるかもしれない
プツプツ弾けるその香りの前
とても目を開けたくない

夕方にはつつじの裏側に
赤い夕焼け一片　誰がかけておくのか
最後まで見守らないと

井戸

ある老いた柳の木のそば
掘られた井戸一つ
その井戸の深さはだれも知らない

遠い所から空が近づいてきて　手のひらサイズに射して
つるべがドンドン音を立てながら降りても
だれもその井戸の深さは知らない

昼間は柳に巣がある鳥が
夜更け覗き込んで
夜は星がキラキラと沐浴をする

目鼻立ちの整ったキョンサン夫人が
ソウルで　どうこうしたという話で
しばらく　ざわざわしたり

漢族の家に嫁いだヒャンソルちゃんが
日本にまたお嫁に行くという話も
何日か落葉のように飛び回っていたが

いつの間に老けたかも分からない柳の木のそば
掘られた井戸一つ
その井戸の深さは

今日も
誰も
知らない

とは

酒を飲んだ
人生を飲んだ
とは　あえて言えない

風に吹かれる落ち葉のように
風が疲れるまで
憂いなく

ある日
湿っぽい土地に
身を埋めてもいいだろう

一生を生きてから
世の中を知り尽した
とは　傲慢なことを言わない

ヘラ　あなたを見る

夜明けの闇がザワザワして
いつの間にか行ってしまったら
カーテンの後ろからぬっと出て窓を開ける

ヘラ
あなたを
見る

都市の象徴を断固として壊し
この朝　背伸び一回で
世の中の平和を呼んでみる

ヘラ
あなたを
見る

一握りの白い雲　泡のようにこすって
青空一片を取り戻し
遠くの鳩　クグクと呼んでみる

ヘラ
あなたを
見る

恋しさを探しに行った人
人をたずねて来た人
心の温かい人たちを呼んでみる

ヘラ
あなたを
見る

忘れられないね

忘れられないね　あの人
痛みのように忘れられないね

夜通し　草の葉に宿る露は
跡形もなく乾かせても
胸に忍び込んだあの人は
こんなにも忘れられないね

できれば川の水に流すさ
ある日の柳の葉のように
流れ去ってくれればいいのに
どうしても忘れられないね

星を見ると　その人の瞳が浮かんで
月を見ると　その人の白い顔になって
太陽を見ると　その人の沸き上がる情熱が見えてきて
こんなにも忘れられないね

忘れられないね　あの人
慟哭のように忘れられないね

牛のため息　牛の愚痴

牛になって愚痴を言ってみましょう
牛の世話も終わったのでちょうど良い
牛のような仕事が本当に嫌なら　牛の鳴き真似でもしましょう
こんなに背中に日差しを浴びて
黒い背中も暖かく　寝そべってくつろいで
それでも　やっぱり顔を上げて
牛の真似して大声で　愚痴をこぼしてみましょう
天が割れるほどにその声が届くように
あるいは
アリが一匹　気絶するほどに

春の日とおっしゃいましたね

春の日とおっしゃいましたね
あなたが来ると　約束した日が
のどかではなくても
雪が解けて流れる
ほぐれては流れ　一休みしたりもする
そんな春の日だとおっしゃいましたよね
風は木のまわりに　ゆっくり回っていて
新しい茎が二、三本ほど芽生え
雲は空のほとり　のんびり
昼寝して
そんな春のある一日だとおっしゃいましたね
カチカチに凍った丘ほど

堅く閉ざしていた
心を開いて待っています
そんなあなたを
そんな春の日に

詩の宣言

詩を飯より必要とする時代は一度もなかった
詩を飯より必要とする人はいつもいた
文学が　やせこけた世界に一握りの詩が
人間を救うという幼い考えはするな
更に　世界の片隅で文学の神髄をかき立てて
乱れた世間の片隅でひたすら愛を燃やす
そういう人が詩人だ
そんな人になりたい

詩歌万歳
詩人万歳

解説

詩の中に生きたい

中国人民大学校教授、文学評論家
金海鷹（キムヘウン）

1

韓永男は、いつも疲れを知らない創作のエネルギーを見せてくれる、朝鮮族詩壇で活発に活動する代表詩人である。新型コロナが三年間猛威を振るっているこの閑散とした時局に、韓永男は『故郷は僕が垣根に小便をかけても咎めなかった』という多少型破りな題名の詩集を持って「詩歌万歳／詩人万歳」と叫びながら、私たちの前に立っている。詩集に現れる詩に対する情熱と人間愛と自然愛の精神は、疲れて干からびた人生によって沈滞して無気力になった読者らに一筋の温かい労いと活力を吹き込んでくれる。

詩を飯より必要とする時代は一度もなかった／詩を飯より必要とする人はいつもいた／文学が　やせこけた世界に一握りの詩が／人間を救うという幼い考えはするな／更に　世界の片隅で文学の神髄をかき立てて／乱れた世間の片隅でひたすら愛を燃やす／そういう人が詩人だ／そんな人になりたい／／詩歌万歳／詩人万歳

（「詩の宣言」全文）

韓永男の三番目の詩集の最後に掲載された「詩の宣言」である。詩人は、自身を「詩をご飯より必要とする人」として規定する。「文学が　やせこけた世界に一握りの詩が／人間を救うという幼い考え」はしないが、「世界の片隅で文学の神髄をかき立てて／乱れた世間の片隅でひたすら愛を燃やす」そのような詩人になりたいと言う。事実「詩の宣言」は、韓永男の人生のアイデンティティに対する率直な発露である。詩に笑って泣いて、詩に死んで生きる、詩を通してすべての感情を代弁する姿が、詩集全体を貫く。

今回の詩集は、「第一部　故郷」、「第二部　季節」、「第三部　瞑想」、「第四部　人情」、「第五部　花々」、「第六部　言い訳」、「第七部　開かれた詩」の七つの部分に分けられている。男性詩人にもかかわらず、韓永男の詩は繊細で温かい。故郷と季節、花、そして人情世相、そのようなものが詩の世界の主な対象となる。詩的感性は、現在の形というよりは常に過去の形に近い。また、明らかに悲しみを書いてはいるが、結局は詩の中に情と愛があふれる。詩人は、現実にも常に過ぎ去った過去の人生を回想して、その中で対象を熟考する。骨の髄まで詩だけを考える詩人の人生を表現できる唯一の言葉があるならば、すなわち「詩の中に生きたい」である。

2

詩集の題名『故郷は僕が垣根に小便をかけても咎めなかった』のように、韓永男は故郷を極めて愛する人である。彼の多くの詩のモチーフは、ほぼ幼い時期の故郷の思い出に起因する。詩集に「故郷」という詩語が二十回余りの高い頻度で見られるのも、このような理由からだと見ることができる。誰にでも故郷はいつも懐かしく、心の奥深くに馴染んだ場所である。特に都会に出た人に、故郷はいつも世知辛い人生の中でも精神的な労いを与える場所である。詩の中でも、詩人が故郷と過去に対する強い郷愁と憧憬を抱いていることを見ることができる。故郷に対する、しみじみとした懐かしさが、詩ごとに、詩句、節ごとに切実である。

二十年ぶりか　三十年ぶりか／それとも　それよりもっと長い月日／外へ外へと身の程知らずにほっつき歩いて／ある日　やっと身の程を知

って故郷に帰ってきた／旧友と一杯飲んだ／最近　世間から呼ばれている／あらゆる僕の呼び名を無視して／僕たちは昔のように／照れくさいあだ名で呼び合いながらクスクスと笑った／開けておいたドアから見渡した庭先では／蚊遣り火がパチパチと音を立て／遠くでは　カエルの鳴き声が騒がしかった／急に小便がしたくてトイレを探したが／恥を捨てて／垣根の下に失礼することにした／既に　世の中に疲れきった僕の黒いやつは／恥ずかしそうにダラリと垂れていて／そんなやつをギュッと引っ張り上げて／故郷の香りを嗅がせた／二十年ぶりか　三十年ぶりか／それとも　それよりもっと長い月日が流れたのだろうか／久しぶりに　本当に久しぶりに月を見た／子供の頃　母の汗まみれの頭にかかって踊るように輝いていた月を／涙が溢れるほど見上げた

（「故郷は僕が垣根に小便をかけても咎めなかった」全文）

大人がトイレでなく垣根におしっこをするのは望ましくない行為である。この一つの行動だけを見ると、詩的話者は、それこそ文明とはかけ離れた野蛮な男である。「世の中に疲れきった僕の黒いやつは／恥ずかしそうにダラリと垂れていて／そんなやつをギュッと引っ張り上げて／故郷の香りを嗅がせた」という一節でも、直線的で卑俗語的で、さらに猟奇的に感じられる語調が読者らを当惑させる。ところで、詩人はなぜこの詩の題名を詩集の題名として選び、自身の代弁者としての話者をこのように荒っぽい野生の男として描写したのだろうか？「世の中に疲れきった僕の黒いやつ」は、まさに詩的自我である。また、このように野蛮な行動をしても受け入れることができる所が、まさに故郷というものを強調するための詩的装置である。故郷は、日が沈んで月が浮かび上がる夜まで、苦労して働いた母親のような存在でもある。母親の子宮のような故郷、故郷は常にその場で「私」を迎えてくれる。私が世の中に敗北して、貧しくなって帰ってきても、優しく迎えてくれる場所が故郷であり、母親である。詩的話者の滑稽で野蛮な語調は、故郷に対する無限の信頼と愛を表現するのに、むしろ効果的で適切である。

リズムよくガタガタ揺れる汽車に乗って／故郷に向かえば／心が汽笛の音より先に／故郷の扉を開いて／／いつの間にか　薬酒一口／胸には薬の水が清らかに流れ／／いつもしっぽを振るサプサル犬のお尻を／ポンと蹴ったら／お隣のジョンアさんがニコニコ笑ってくれそうだな／／白い湯気に包まれて　台所で忙しい／母の姿／白い湯気の中に　下手すれば　消えてしまいそうな　消えてしまいそうな／／酒に満たされた心で／町内を遊び回りながら／――この家ではテールスープでも煮ているのかな／／わき目もふらず薬草を巻く汚い手が／そのまま正直でい／／――お客様　夕食はうちで召し上がってくださいよ／まるで異郷で大きな出世でもしたかのように／互いに競い合って呼ばれる／／僕の故郷では今も／スンデの皿を渡せば／お礼に豆腐が返って来る

（「故郷スケッチ」全文）

「故郷スケッチ」で詩的話者は、故郷の風景を目の前に鮮やかに描き出すことで、故郷に対する思い出を蘇らせてくれる。この作品で、私たちはすべての思い出の中に大切に保管している温かい故郷に出会う。詩的話者が素描した故郷は、フランス写実主義の画家ジャン＝フランソワ・ミレーの作品を連想させる。ミレーは、農夫であった自身の経験に基づいて、農村の姿や農夫などの人物の日常生活を観察者の立場から描く。「故郷スケッチ」もまた、自身が経験した故郷に対する思い出を土台として故郷の人々との温かい人情をリアルな細部描写を通して表現する。汽車が到着する前に心が先走って故郷の挿絵を開けてしまえば、故郷には尻尾を振って歓迎するむく毛の犬、にっこりと笑って迎えてくれそうな隣のジョンア、白い湯気に包まれて台所で息子のためにおいしい食べ物を作る年老いた母、葉草を吸うごつごつとした手をしているが、お互いの家に招く温かい心の村人がいる。

詩的話者にとって、故郷は懐かしい人々が留まる所であり、豊かな人情によって心の豊かさを感じることができる心と魂の安らぎの場所である。詩的話者は、ほのかな抒情で、故郷で経験した過程を捉えて、平穏な叙述で再現し、詩全体を温かい情緒と心の豊かさで満たした。

韓永男の詩を読めば、常に心の片隅のどこかが冷えながらも、熱さがこみあげてくる。隣人、友達、親戚らは、皆人情にあふれている。強い家族愛の詩で、愛する人々の心、そして愛する人々に対する切なさと懐かしさを見ることができる。彼の筆先には、深い夫婦愛、切ない父子愛、濃い親族愛が流れている。

一日中　疲れた妻は／部屋に入っても気づかないくらい熟睡していて／いつもあちこちに転がる寝相の悪い息子は／小さい足を母の首に乗せて／万歳の姿勢で眠っている／四六時中　家計を支えるためと子供のために／どれだけ疲れたのだろう／うずく鼻筋を触りながら／息子の足をそっと動かす／その小さい足は／焼きたてのパンのようにフカフカだ／明日もフカフカでいてください／明日も母をもっとイライラさせなさい／そう祈ったあと／今度は／息子の足に押されていた妻の首に／僕の腕を乗せて／僕も彼らの眠りの中に合流する

（「夜明けごろ」部分）

夜明けに仕事を終えて疲れた体を引きずって家に入った夫は、一日中、生活と子供のために苦労した妻が子供と一緒に深く寝ている姿を見る。どの家庭にでもある日常的な風景である。しかし、詩人の筆先にかかれば、日常的な風景も温かい家族愛として花開く。母の首に足を乗せて万歳の姿勢で寝ている息子、小さな足が蒸したてのパンのようにホカホカしているという描写で、寝ている子供の幸せな姿が描かれる。息子が楽な姿勢で寝ているだけに、妻の疲れがさらに強調される。「明日も母をもっとイライラさせなさい」という脱常套的な表現には、息子がどんな文句を言っても、ただ可愛くて愛らしい父の無条件な愛が強く表現される。その一方で、苦労した妻がもっと楽に寝られるように、妻の首に乗せられた息子の足を下ろし、代わりに私の腕をかけておく。「私の腕」と「息子の足」は、どちらも妻の首に乗せられているが、互いに異なる象徴的な意味を表す。「息子の足」は、不便さにも耐える母の献身的な愛とすれば、「私の腕」は、妻を抱き包む夫のこの上なく大きな愛と労わりである。派手な詩語を書かなくても、詩的話者のありのままの心がよく伝わる詩、読んでいれば胸が温かくなることを経験できる代表的な詩である。

　父に関する詩もまた、涙に対する描写が一節もないが、むしろ号泣している詩的話者の爆発した感情世界を間接的に経験させる。

　父がいないということは／どこかで過ちを犯しても／悪口を言われたり　殴られたりすることも／全くないという意味であり／酔っ払って騒いでも／うるさい小言を聞かないという意味であり／生きることを怠ったり／事業なんかで少しズルをしても／全く憚ることはないという意味であり／元旦になっても　わざわざ／酒を買いに行って新年の挨拶をする／煩わしさが省略されるという意味であり／なのに　ちくしょう／清明の墓の傍には／芝生のように父の詩が生きていて／この父がいない子供をみて　微笑んでいる／憎たらしい晴天の日

（「無父非罪」部分）

「すべての良い詩は、強い感情の自然発生的な表現である」というワーズワースの言葉のように、詩は主観的な文学様式である。それでも強い感情をどのように表現するかによって、詩は良い詩になるのである。「無父非罪」で、詩的話者は、早くに亡くなった父に対する大きな悲しみと強い懐かしさの情緒を、悲しい表情として表さずに逆説的に表現している。詩的話者は、あたかも無礼な子供のように「父がいないということ」＝ある意味、という数学公式のような仮定形の時制に反語的な語調で、父がいない子供の長所を誰よりも几帳面に探し、あたかもラップでもするかのように楽しく列挙する。しかし、詩的話者は、結末ですぐに語調を下降（anti-climax）させる。晴天になれば、父のお墓に父の詩が生え、すなわち、父に対する多くの感情が詩を書かなくては耐えることができないということを率直に告白する。「ちくしょう」「憎たらしい」という卑俗語がかえって詩的話者の内的悲しみと苦痛をより効果的に強調する役割を果たす。

明月区の本家と詩兄の家に／一本ずつ／鉄南の南山麓の姉の家と／新羅ホテルの裏通りの姉の家と／血液センター近くのおじさんの家に／また一本ずつ／北大の文兄の家にもまた一本／／楡村川の河口／山に沿って建てられた／ややくたびれかけている甥　サンスの家にも一本あった／／三列四列の大きな歯ブラシ二本と／たった二列の小さな歯ブラシ三本が／和気あいあいと並べられた歯ブラシの箱に／まるでその家族の一員のように僕の不細工な歯ブラシが／突っ立っていた／／甥といっても僕より年上なので／兄さんのように慕っているけど／甥の嫁には　いつも面目ないし／幼い姪の子供たちにも／ちょっと申し訳なかった／／豊かではない家計に／僕の歯ブラシがもう一本あるということは／何分負担なはずなのに／マスカット色の歯ブラシが生きていく／七本の歯ブラシ箱では／／かえって彼らのほうが申し訳なさそうに／スペースを空けながら／不細工な僕の歯ブラシが生きる場所を／気前よく確保してくれた／／いつか僕にも歯ブラシ入れができる日／七本の歯ブラシの家族を一堂に集めて／パーティーでも開こう／歯磨き粉がなくなって　水で歯磨きしていた話も／笑ってもう一度やってみよう

（「歯ブラシが七本の男」全文）

韓永男の詩を一文字に要約すると、まさに「情」である。親戚の家の歯ブラシ入れにお世話になっている「僕」の歯ブラシを、流れ者の境遇の「僕」の境遇に類推したのは、非常に斬新な表現だ。田舎の親戚の家、都会の兄弟姉妹の家、親しい知人の家、さらにまともな建物ではなく、山に沿って傾いて建てられた家で暮らす貧しい甥の家にまで、世話にならなければならない「僕」だ。

激しい生存競争に苦しまなければならない昨今、家族も親戚も各自自らの面倒を見るのもとても大変だ。血を分けた家族の間の情も、増々乾燥していく世の中で、歯ブラシを預ける所があるということだけでも、実は幸せなのだ。さらに、彼らは、歯ブラシを預けた私に、「かえって彼らのほうが申し訳なさそうに／スペースを空けながら／不細工な僕の歯ブラシが生きる場所を」与える。皆似たり寄ったりで苦労して暮らしながらも、むしろ「僕」に、もっとよくしてあげられなくて、もっと助けることができなくて申し訳ないと思う。疲れて苦しいとき、彼らの温かい心が世の中で最も大きな慰めで、苦しい世の中を耐えていく何より心強い力であろう。貧しいが、共に耐えて慰め、いつか自分が成功する日に彼らに感謝の気持ちを伝えようとする優しい心、このような温かさがまさに、この世を耐えていく力である。マスカット色の歯ブラシから、詩人が望む未来が輝く。

詩は、詩人の一個人による創造物である。その一方で、個人の独自の行為のみにその意味を限定させることはできない。詩作品が社会と時代、周囲の環境の状況と緊密な関係を結びながら、個人的行為の性格を抜け出すとき、詩としての真の意味と価値を持つ。韓永男の詩が読者らを感動させる、もう一つの理由は、まさに隣人たちの人生に対する観照である。彼は単に、故郷、故郷の人々、家族、季節、花にだけ愛情を持っているのではない。

僕の住んでいる町は／鉄南よりずっと南の方／南山の麓に沿うように／やっとの思いで切り拓かれた粗末な町／／三輪車の運転手とヒメニラ商人たちが／夫婦のように一緒に暮らす／隅から集まってきて　再び隅になった／ボロボロの町／／朝になると　僕が住んでいる町では／薄い壁の隙間から音が漏れないように／主婦たちは静かにチョングッチャンを作り／／たまに／日に焼けた黒い夫と日に焼けた黒い妻が争っても／声を殺して　顔だけ赤くして／日に焼けた黒い子供たちも手振りと目配せだけで／意思を伝えあう　無音の町／／古ぼけた白黒テレビも／音量を精一杯　下げて観て／自分の家でニンニクを食べても／匂いが広がるのを恐れて口を塞いで食べる／／僕の住んでいる町は　名前だけが町で／ぴったり閉めきった窓の中で／ただ耳だけをウサギのように立てて暮らす／／僕が住んでいる町は／人が住んでいるので　町ではなく／煙が立ち上がるので　町であり／／夕方の七時から真っ暗な世界になる／音も匂いも光もない／味噌玉のように中身だけが腐り　泡立つ／見掛け倒しの町　（「見かけ倒しの町」全文）

詩的話者は、自身が生きている村と村の住民たち、その住民たちの人生を一つ残らず紹介している。「南山の麓に沿うように／やっとの思いで切り拓かれた粗末な町」、住民たちは、男たちは、三輪車の運転手、女たちはヒメニラのキムチを売る庶民層である。互いにくっついて暮らす彼らは、もしも隣の家の邪魔になるのではないかと、喧嘩をしても声を殺して戦い、テレビも音量を下げて見て、さらにチョングッチャンとニンニクを食べても、匂いがするのではないかと思って用心深く行動する。自分の家に住んでいるが、自由に暮らせず、他人の顔色を見て生きなければならない村を、詩的話者は、「ただ耳だけをウサギのように立てて」暮らさなければならないちっぽけな村、何もない村、無声の村、中身のない村と紹介する。彼らがどれほど貧しく暮らしているかという言及はないが、日に焼けた黒い夫、日に焼けた黒い妻、日に焼けた黒い子供たち、白黒テレビという詩語は、「黒い」という色彩語のイメージが詩句の随所に染み込んで、この村の暗鬱な環境に悲劇的な色彩をさらに加えている。彼らの人生の形態は、それこそある者が全く聞いたことのない、全く経験したことのない世界である。詩人は、このような最下層の庶民の人生を世の中に真実として露出させ、貧しい隣人と弱者に対する社会の関心と観照を喚起させている。

昨夜　死んだ夫に会った夢でも見たのか／鉄南夫人は朝からニコニコしている／西市場の裏通りで／場所代ももったいないと言って　とても小さな場所を取り／ワラビやタラの芽やオタカラコウを売る鉄南夫人／——味見してみてください　あごが落ちるほどおいしいですよ／売り声がだんだん高くなる／隣に座った北山夫人は／いつも同じ様子で眉間にくっきり皺寄せて／細い目はもっと細くなり／お客を呼ぶための声かけもせず　その代わりに／前に置かれた唐辛子の粉ばかりいじっている／——ハクションこのおばさんが！　まったく！　くしゃみで唐辛子の粉を飛ばしたらどうするんだ？／そんなふうに笑ったり騒いだりして　青い空のように楽しい／不機嫌になった空が　薄暗くなって雨を降らせると／急に閑散とした路地のように仏頂面になった／——雨も降ってきたから　一杯やらない？／——そうね……／——じゃあ行こう！　私が一杯おごるよ！／荷造りしてリヤカーにのせた小さな包み／それがそのまま人生のすべてのような二人の夫人／やはり彼女たちにぴったりのスンデ屋さんに入る／——ギュッと押さえていっぱい詰めてね　それから焼酎も二杯！／そんなふうに始まった二人の夫人の早い晩の飲み会／飲んで　また二杯頼んで／トイレも二回行ったり来たりしては／そうしてどちらからともなく静かに自然に話し始めた／

――いつもこんな有り様だから　お酒でも飲まなきゃ／大きな胸が小さく揺れると思ったら／ツンとかんだ鼻水とともに　さらに激しく揺れて／こんちくしょう／亡き夫の悪口から若死にした息子まで／聞きながら　たまに一言挟むスンデ屋のおばさん／我慢できないとお酒を一杯注いで相席した／ガリガリにやせ細った小さな／三人のおばさん／更けていく夜　早い晩の涙を肴に西市場の裏通りを／ぼかんぼかんと叩き壊している（「西市場の裏通りに雨が降ると」全文）

「西市場の裏通りに雨が降ると」では、隣人たちの人生をもう少し具体的に覗き見ることができる。夫が死んで、一人でナムルを売りながら生きている厳しい人生の中でも、にこにこと笑って商売をする明るい「鉄南夫人」、愁いが額と目を押して目がさらに細くなった、安売りの掛け声もまともにできない新米の商売人「北山夫人」、鉄南夫人は、北山夫人に雨が降るのでお酒を一杯おごると言って、スンデ屋に連れていく。明らかに事情が気の毒そうに見える北山夫人を慰めるためだが、相手方の自尊心に配慮して、雨を口実にしている。そばで、おばさんの世間話を聞きながら、一言二言、相槌を打っていた「スンデ屋のおばさん」もいつのまにかお客さんと同席する。お互いによく知らない間柄だが、一緒に酒席に座ってお互いのみじめな境遇を聞き、お互いに慰めとなる。三人のおばさんの涙が雨となって降る悲しい状況であるが、自分より貧しい周囲の人の世話をして、相手方の情緒に共感しようとする隣人同士の情が、読者らの心を温めてくれる。だから、世の中は生き甲斐があるのだ。結局、この作品は「涙を肴に」して酒宴をしたおばさんの干からびた人生の絶叫を通して、庶民の貧しい人生の世相を告発するだけでなく、また困難の中でも気配りと愛があふれる温かい人情の世相を見せている。個性的な人物の形と現実生活の真実の姿を反映した一首の短い詩だが、ヒューマニズムを溶かした一つの温かい映画を見るような感動を与える。

苦しい人生と無関係の詩人を真の詩人と見なすことはできない。韓永男は、このように自身の人生の苦痛と隣人たちの傷を、詩を書くことを通して治癒する。苦痛と傷を心の中にだけ閉じ込めておけば痛みとなるが、詩という一つのテキストとして書くことにより、痛みとの距離を置くことを試み、自らを客観的に見つめる試みを始める。この距離を置くことが、まさに治癒の詩作である。常に自身の恥部を聞き取る謙虚さと率直さ、自己反省、愛情と憐憫が宿った詩的な姿勢は、常に真実で素朴な美しさの詩を創造させる。韓永男の詩において、このような真実で感傷的で温かい詩的情緒は、詩人たちの手本となるに値する。

3

韓永男の詩は、いつも日常から、自然から湧き出てくる。春、夏、秋、冬の季節が変わり、詩想もまた展開され、花を見て感情を鎮める。秋は、男の季節だと誰かが言う。季節に関する詩を見れば、「秋菊」「秋を見た」「秋ならどこかの山のほとり」「秋を傷つけるな」「秋なら青空を歩いて来るあなた」など、秋をテーマとした詩が大多数を占める。これらの詩は、秋に対する叙情を通して感性の最大値を爆発させ、秋の男心を代弁する。

> 秋を見ましたか？／僕の秋はどこにあるの？／／この頃になると／季節もいくらか冷めて／秋に出会って恋をしなければならないのに／四方八方を見回しても見つからない／／秋を見ましたか？／僕の秋がどこに行ったのか誰か知っていますか？／／稲がたわわに実っていく／野原にかかしのように立って風に／揺られながら　さらに揺られながら呼んでみる秋／秋　秋／／僕の秋を見ましたか？／僕の秋がどこにあるのか　誰か知りませんか？／／風がそよそよときめくのに／風よりももっと　胸が騒いでる

のに／誰かどこかで僕の秋を見た人はいませんか？／／熟してゆく季節に／冷え込んでいく季節に

（「秋を見ましたか？」全文）

秋になれば、涼しい風が冬を誘い、温もりを感じたくなる。温かい誰かの手が懐かしく、温かい愛が懐かしい。だから、女は春に乗り、男は秋に乗るのである。稲もどんどん熟し、秋風も吹いているのを見て、明らかに秋は来た。ところで、詩的話者は、「秋を見ましたか？　僕の秋がどこにあるのか　誰か知りませんか？」を三回繰り返しながら、切なく秋を探す。エドガー・アラン・ポー（E. A. Poe）は、「詩は美の韻律的創造物」と言った。この詩もまた三回の繰り返しフレーズを通した韻律を追求するだけでなく、「熟してゆく季節に／冷え込んでいく季節に」という結末句、そして独白体と対話体の処理においても詩的リズムが鮮明に引き立って見える。

秋になると／ある山辺で／ひっそりと／道の傍らに足を埋めて／コスモスになってみよう／はにかみながら／秋風に乗せて／体をさっと開けたまま／テントウムシ何匹かで／装いを整えて／そうだね　秋になると／ある山辺で／ひっそりと／かすかな微笑みを一つ浮かべて／平凡なコスモスになってみよう／青空を背景にゆらゆら揺れながら／眩しい秋にはさっと散ってもいい／一人でも　秋とは関係なさそうに／威張ることなく　首をまっすぐに伸ばした／あのコスモスになってみよう

（「秋になると　ある山辺で」全文）

純情と純潔の花言葉を持つコスモスは、秋を象徴する花である。派手さはないが、青い秋空の下、道端のどこにでも、「体をさっと開けたまま／テントウムシ何匹かで／装いを整えて」そよ風にゆらゆら揺れるコスモスを見ながら、詩的話者は、秋がもたらす自由と情緒を満喫する。眩しい秋、すなわち眩しい世の中と少し離れてコスモスのような淡い微笑を浮かべて世の中を見つめることができる余裕、もっと自由な生活を送りたいという意志を密かに表している。

秋は、このように詩人に人生の知恵と詩想を熟させる美しい季節である。詩人は、このような秋が大切なのである。

秋を傷つけないで／秋は僕のものだよ／（中略）／もし　秋がなかったら僕がどうやって／熟していく季節の魂を知り／高い空の下　裸になっていく／木の謙遜さが分かるだろうか／／本当に秋じゃなかったら／僕がどうやって詩を書き／成熟の意味で　心を濡らしているなど／あり得ないことだよ／／果てしなく広い空の下／緑が褪めつつある秋に向かって／この躍動する心臓も／両手も捧げられる僕です／（中略）／いやいや　僕がまさに／秋の男だよ

（「秋を傷つけないで」部分）

秋は、「私」にとって季節の魂を知らせ、木葉が落ちると裸になる木の謙遜さを学ばせる。また、「私」にとって、詩を書かせ成熟させる。結局、秋は「私」を存在させる理由であるため、詩人は、秋に「この躍動する心臓も／両手も捧げられる」と表現することで、秋のために命まで捧げる覚悟ができている熱い心を告白する。なぜなら、自身は秋の男であるからだ。季節の変化の中で自然の摂理を悟り、秋を注意深く観察して人生の知恵を会得し、感謝することができる詩人の心が感じられる。これもまた、上記の詩で秋をあれほど切なく探した理由であろう。

葡萄の実が爽やかな青い九月／熟していないヒマワリのように頭をもたげて／敢えて天を仰げば／その遥かな青さの中を／歩いて来られるあなたが見えます／／雨上がりで　日差しがきらめき輝くと／照れくさい菊のように／雨露にびっしょり濡れた髪を拭って／一糸まとわず裸に

なって／天を仰げば／うんざりするほど　かすかな青さの中を／歩いて来られるあなたが見えます／／誰に願うように／誰かを待つように／山麓のこんなにも黒い岩のように／全身が恋しくなって／天を仰げば／その豊かな青さの中を／歩いて来られるあなたが見えます／／広い野原に一人立っている木のように／ぽきんぽきんと服を脱いで／数多くの腕を歓声のように広げて立って／天を仰げば／その不気味なほど深い青さの中を／歩いて来られるあなたが見えます／／あなたが行ってしまった後　溢れる悲しみを／日記のように書いた詩のノートと向き合って／その中で生きる／あなたの香りを　あなたの姿を　あなたの痛みを／酒のように飲んだら／詩のように広がる青空を／過ぎ去った時のように軽やかに／歩いて来られるあなたに会えます

（「秋には青空を歩いて来られるあなた」全文）

秋になれば、人々は新たな気持ちで夏の暑さを冷まし、夏の残滓を洗い流そうとする。詩的話者もまた、秋空の眩しい青さと美しさに魂が抜けたように没頭する。あまり熟さなかったひまわりのように、きらびやかな日差しの下、照れくさい菊のように、誰かを描く山の麓の腹黒い岩のように、服を脱いで独りで立った木のように、青い空を仰ぎ見る。青い空は、詩のように広がっている。ひまわり、菊、岩、木、これらすべての事物は、秋の風景を最もよく代表するものである。このような事物らを見ながら、詩的話者は、それらに似たいという切実な心を表現する。このように秋を、あまり成熟しなかった「ひまわり」、恥ずかしがる「菊」、全身で誰かを懐かしむ腹黒いロマンチックな「岩」、孤独で率直な「木」を、一つの人格体として描写して自身の心を表現する。結局、「あなたが行ってしまった後　溢れる悲しみ」、すなわち季節が変わる感性の中で、「日記のように書いた詩帖（しちょう）と向き合って」青空を歩いて来た「あなた」に会ってしまう。「あなた」は、すなわち詩人が最も愛する存在であり、結局は、詩的話者がそのように愛する詩である。これもまた、詩人の美しい詩が誕生する過程である。

4

韓永男の詩語は、個人的な情緒と経験の領域で作られるが、詩的意味は、同時代人が共感でき、感動を引き出す。詩語の形式は崩れていて、自由で少し見慣れないかもしれないが、バランスが崩れることはない。詩は、詩人にとってこの上なく幸せな趣味であり、遊びであり、自身の考えと思想を込める良い器となる。

ライ麦畑には番人が隠れていて／僕は今／ライ麦畑を通っている//番人が守るライ麦畑を／僕は今／通りかかっている//僕が通っている
ライ麦畑には／番人がいるそうだ//ライ麦畑を通る僕は／番人を見ることができない//ライ麦畑には　確かに番人がいて／僕は　今　確かにライ麦畑を通っている//僕は／番人と共に／ライ麦畑を通っている

（「番人のいないライ麦畑を通りながら」全文）

アメリカの作家、ジェローム・デイヴィッド・サリンジャーの長編小説『ライ麦畑でつかまえて』にインスピレーションを得たような詩だ。退学になった一人の少年が、虚偽と偽善で満ちた世の中に目覚める過程で、既成の世代の偽善と卑劣さに絶望し、ライ麦畑で走りまわる子供たちの安全を守る番人になりたいという内容の小説である。詩では明らかに、番人と私は同じライ麦畑にいるが、私は番人を見ることができない。しかし、番人はいると聞いたし、また、私は番人と共にライ麦畑を通っている。ところで、詩の題名は、皮肉にも「番人のいないライ麦畑を通りながら」である。小説の内容と関連させてみれば、詩的話者は、ライ麦畑という虚偽と偽善の世の中、そして、その中にいる私と番人を通して見える世の中と見えない世の中に対する偽りと真実を語っている。詩句自体が言葉遊びをしているようだが、存在論と認識論に対する思考など、哲学的なメッセージが非常に強い詩であると見ることができる。

「滝」もまた詩的な発想が独特である。

一歩踏み間違えた単なるミスが／人間には　あんなに爽快だなんて／流れていた水の単なる失速なんかが／あんなに見事な絶景になるなんて

（「滝」部分）

話に気をとられてだらだらと流れ、しばらく周りを見渡す暇もなかった水が、思わず足を踏みはずした単なるミスが、まさに荘厳な滝となって流れると言う。ミスが悪いことだけではないという楽観的な人生の態度と詩的な才覚がきらりと光る。

花吹雪が／美しい？／／あんなに散らかって降る／花吹雪が　その真紅の花の血が／君の目には　美しく見える？／／花々の肉体が壊れ／花々の血が飛び散って／花々の死体が／積もって　溢れて　降っているのに！／／花吹雪が／美しい？／／あの　花びら　葉っぱが命なのに／命が　あんなふうに　消えていくのに／それが　そんなに　美しいのか？／／けしからん！／ちくしょう!!

（「花吹雪」全文）

悪口をためらわずに吐きだすことで、詩的話者の鬱憤を吐き出す。人々の目に見える花吹雪は美しく、幻想的な風景である。文学作品でも、花吹雪はいつもロマンチックな場面で描写される。しかし、詩的話者は、花吹雪の本質に集中する。花吹雪の誕生は、花びらの肉が砕けて、血が飛び散り、死体が積もり、すなわち花びらの生命が死んでいくことで生じるものであるが、それを美しいという人間の薄情に憤る。詩人にとって生命は高貴で美しいものである。花びらのような小さな微物の生命にも胸を痛める詩人の姿勢は、生命を尊重する精神が込められている。詩人は、強者である人間の立場だけでなく、弱者である花びらの立場に立って問題を見つめる詩的発想を通して、人間の倫理と生命尊重の精神を強調する。これこそが詩人の望ましい見方である。

もちろん　雨が降っていた／お酒を飲みながら／道を歩きながら／詩のようなものを詠み／雨の中にそのまま座って／首にかけた念珠のようなボールペンで／詩を吐き始めた／実際に　詩は胆汁よりも少なく／溜まった世間の垢が／僕の周りでびしょびしょに湿っていた／あっけなく雨が降り／昨夜　夢で行ったベツレヘムには／まだ天使が皆を愛してくれていた

（「雨の中に座って　首にかけたボールペンで」全文）

「雨の中に座って　首にかけたボールペンで」は、漢字と韓国語を組み合わせて作った詩である。詩的話者は、首にボールペンを掛けるほど、いつでも詩を書く準備ができている。お酒を一杯飲んで雨の中を散策して浮かび上がるインスピレーションを抑えきれずに、念珠のように首に掛けたボールペンで詩を書き始める。念珠は、仏教で礼拝するときに手首に掛けたり手で回す仏具の一つで、水晶、香木などの貴重な珠を通した紐輪である。仏教信者にとって念珠が大切なだけに、詩人にとってはボールペンは詩を書くことができる道具であり、何より大切なものである。詩人にとって、詩は信仰のような存在だからだ。しかし、人間の能力には限界があり、本来詩らしい詩の分量は、苦い胆汁よりも少なく、周りはすべて自身が吐き出した汚物と世の中の残滓だけである。密かに詩的話者は、自身がこのような汚物のような世の中の残滓なので、信仰のように敬虔な詩を書くということは無理であることを自ら告白して悲観する。しかし、夢の中で見たベツレヘム（キリスト教の聖地）の天使から感じた神の愛に癒されている。

5

かつて、パブロ・ピカソは、「芸術は探求の対象ではなく、それを通して何かを発見する世界」であると言った。詩もまた、体験を通して表現される、自分だけの想像的な願いを満たしていく、もう一つの幸福体験だろう。詩を通して見た韓永男の人生は、それ自体が一つの詩的世界である。彼は、ただ人生の瞬間ごとに、真実で温かい心ですべての詩的事物を観察し、このようなものを自身の詩的世界へと引き入れる。故郷、家族、隣人、日常、すべての現場であった体験と思い出を詩の形で表出させる。このように、詩に溺れるということは、乾燥した人生のサイクルに活力を与えることによって、自身と事物を新しく、珍しい、見つめることができるエネルギーを瞬間的に与えることにその意味がある。

それだけでなく、今回の詩集では、既存の詩の常套性を断ち、自らの詩語を作り出したり、新しい形式を試みて、自分だけの詩的形状を追求しようとする努力が一層うかがえる。それは、詩人が事物との交感に対する熱望、現実に対する悩みと抵抗、文学に対する純粋さとして見ることができる。彼のこのような試みによって、朝鮮族詩壇は、より多様な姿の抒情詩と個性のある詩語などを見ることができる。特に、不遇な隣人に対する観照、貧しくて抑圧を受ける人々の厳しい人生の世相に対する告発を通して社会的関心を喚起させる努力は、「文学は人間の人間らしい人生のために人間に寄与しなければならない」という意識の実践指向と強い意志をよく表している。これもまた、隣人たちの人生に対する詩人の愛情と、長期間にわたる観察があったからこそ可能なものである。東西古今を問わず、人々が今まで愛唱する数多くの詩人たちの傑作は、すべて貧しい人々の痛みと嘆きを表現した詩である。このような詩人は、時代を先取りする詩人である。

韓永男の時代を先取りする四番目の詩集を期待する。

韓永男の世界

荒川洋治
現代詩作家、日本芸術院会員

韓永男の作品は、簡素につくられたものにも、外形の印象を超えるような感興がある。読みながら終始、そう感じた。
「春　一粒植えて」という詩は、季節のめぐりと、実りを描いたものだ。その最終連は、それまでの繰り返しのあとに、「春に月日が美しくなれば」というフレーズを添えて、一段と味わいを加える。「冬の皮をむこう」という詩は、同じく季節のなかの出来事を記すが、

道が逃げて隠れてしまった
空の透明な皮さえも
躊躇うことなく
剝ぎ取った

とつづけられる。視線の上げ下げ、伸ばし方が面白く、語りの順序も楽しい。いまこの詩を書きはじめたときの作者には見えないはずのものが、少しずつ詩のなかで姿をあらわし、それが詩の中核となって、作品の興趣を強めていく。そんな行運びが、韓永男の一つの特色であるように思われる。「滝」という題の詩の全篇を引く。

流れていて　つい足を踏み外した
水の単なるミスが
あんなに荘厳だなんて
優しく流れていた水が
話に夢中になった水が
しばらくの間　周りに気を配る暇もなかった水

が
流れて　流れて　流れては
一歩踏み間違えた単なるミスが
人間には　あんなに爽快だなんて
流れていた水の単なる失速なんかが
あんなに見事な絶景になるなんて

滝を見つめながら、滝というものへのおどろきを表現したものだが、「話に夢中になった水が」など、対象の内側に入って同化していくようすはみごとで、この詩そのものが「爽快」であると思う。日本には、「瀧の上に水現れて落ちにけり」（後藤夜半）という名句がある。客観写生の名品とされるものだが、韓永男の「滝」は、それとはまた異なる、独自の視点で滝の様態をいいあてたものだ。中心線を成す「流れ」と「失速」の対比も、絶妙だ。

「その日は秋で、そして、出来たての雨がすすり泣いていた」という長い題の作品は、酒をのみあうときのようすを回想したもの。家族をまじえながら進む。雨の感触が全篇を通りぬける、優厚な一篇。漢詩を思わせるような、ことばの動きがみどころだ。

「鹿は傷を負うと」という詩は、たった五行の作品だ。

鹿は傷を負うと
傷ついた鹿になる
ある日　傷が治ると
傷ついた鹿は再び
鹿になる

いたって素朴なつくりの詩だが、これも心に残る。傷つく。でもなおると、もとに戻る。人間は体も心も、その繰り返しだ。そんなシンプルな過程を誰もがたびたび経験するのだが、その摂理をいいあてたものだ。なおったあとは、傷のことなど忘れているけれど、なおる前とは、ほんの少しちがったものになる。でも、そういうことにはふれずに、見方を押し出していく。そこがさわやかだ。

「私だけが行けない家」も、面白い。

決して遠いわけではなく
そして　道が険しいわけでもないけれど
何となく行けなくなった家

この冒頭部分は、読む人の何かの思い出と、かさなることだろう。個々の、その人その人の思いがかかるような、そんな詩だ。だから、読む人の心にひろく及ぶ。懐かしいものにふれたように、及ぶ。

韓永男の詩は、自身の来歴をもとに生まれながら、いくつかの場所に読む人を運んでくれる。詩の、あたたかさ、ひろがりを目に見える形で伝えてくれるのだ。そこに多くの共感が寄せられるのだろう。

あとがき

それでも、ささやくだろう。草の葉は草の葉の言葉で…

いつか市場通りで、籠にサクランボを一握り前に置いて売っている一人のおばあさんに会ったことがある。前世紀が終わろうとしていた、ある年の初夏の夕方頃だった。そのサクランボをすべて売ってもせいぜい何十円、百円にもならない。でも一日中それを売ると言った、顔が真っ黒に焼けたおばあさんが、ふと私の祖母にオーバーラップしていた。友達といっしょにそのサクランボを籠ごと買って、そこを通り過ぎる子供たちに一握りずつ配った。売れなかったらどうしようかと心配していたおばあさんは、歯が全部抜け、コケた頬いっぱいに明るく笑った。数万円のブーツを履いて街を闊歩しながらも、あれこれ不満が多い人もいれば、このように何十円かの僅かなお金で、いくらでも幸せになれる人たちもいる。草は、誰も嘲笑いはしない。しかし、草は青い生命の歌を歌いながら、春から晩秋まで懸命に生きていく。季節に従って冬が近づいてくると、すぐに草の葉は長い眠りにつくだろう。そうするうちに新春になり、再び青い言葉をつぶやきだすだろう。そんな草を、誰が愛さずにいられるだろうか。私は、私の命が続く限り、そんな草の葉の合唱に、調子の合わない私の低い声を合わせるだろう。

この詩集もそんな草の葉の合唱の一節になるだろう。出版事情が厳しく、詩集を出すことのできない詩人に大きな励ましと支えをくださった金春龍先生と柳春玉詩人に感謝を申し上げます。そして、草の葉がゆらゆらと揺れる限り、私の歌は終わらないだろう。

最後に、詩集を手にしてくださる日本の読者の皆さまに、心からお礼を申し上げます。

二〇二三年晩秋

中国ハルビンにて

韓永男

著者

韓永男（ハンヨンナム）

中国朝鮮族詩人、作家、翻訳家。
一九六七年中国吉林省安図県生まれ。
「中韓辞書」の編集を経て、現在フリーランスのライター。
詩、小説、エッセイ、文学評論等多数発表。
詩集『あえて君が言わなくても水仙は花として美しい』。
小説集『島囲へ辿り着く道』。
黒龍江省少数民族文学賞、「延辺文学」尹東柱文学賞、「民族文学」文学賞　等。
中国詩歌学会会員、中国少数民族作家協会会員。

訳者

柳春玉（りゅう・しゅんぎょく）

日本翻訳連盟会員、日本現代詩人会会員、日本詩人クラブ会員、日本ペンクラブ会員、中国延辺作家協会会員。
現住所　〒三四三―〇〇二六　埼玉県越谷市北越谷三―三―三　電話〇八〇―五〇八七―二二五二

南鉄心（ナムチョルシム）

千葉大学大学院人文社会科学研究科博士後期課程修了。

林施昀（リムシユン）

大阪市立大学大学院経営学研究科グローバルビジネス専攻博士後期課程修了。

編集　金学泉・全京業・張春植（チャンチュンシク）・韓永男・金昌永・柳春玉
後援　金春龍